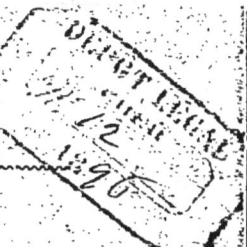
LE THÉATRE CHEZ SOI

L A

TARENTULE

SAYNÈTE EN VERS

PAR

RAYMOND DE MONTFORT

1 fr. 25

BOURGES

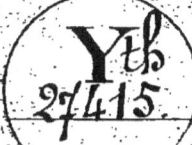
ON RENAUD Libraire-Éditeur

LE THÉATRE CHEZ SOI

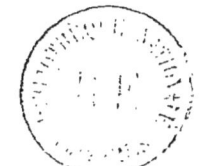

LA

TARENTULE

SAYNÈTE EN VERS

PAR

RAYMOND DE MONTFORT

1 fr. 25

BOURGES

LÉON RENAUD Libraire-Éditeur

A

MADAME ALEXANDRE ROCOFFORT

Née de SOULTRAIT

LA
TARENTULE

SAYNÈTE EN VERS

PERSONNAGES

Monsieur et Madame

UN SALON

SCÈNE I

Monsieur, installé dans un fauteuil, lit un roman.
Madame entre et, pendant qu'elle se retourne pour fermer la
porte, Monsieur dissimule son livre, et se plonge dans la
lecture d'un journal qu'il gardait tout déplié sur ses genoux.

MADAME (*souriante*)

Eh bien ! partagez-vous l'avis du ministère ?

MONSIEUR

Je partage l'avis qu'ils devraient bien se taire.
Ils sont là quatre cents,... qui font un bacchanal !

MADAME

Que vous êtes nerveux ! laissez donc ce journal,
Allez. C'est bien assez qu'ils nous vident nos poches,
Sans vous mettre l'esprit à l'envers.

MONSIEUR

                Quels fantoches !
Ils en viendront aux coups !

MADAME

            Il se peut.

MONSIEUR

                Vous verrez !
Je les voudrais tous morts !

MADAME

Et moi tous enterrés.!

MONSIEUR

Où nous conduiront-ils ? où ?... Je vous le demande ?
Si je les présidais, je jouerais de l'amende,
Au point d'équilibrer tous les ans le budget.

MADAME

Je venais, mon ami, toujours... pour ce projet...

MONSIEUR

J'en suis dans un état de réelle souffrance.
Convenez que l'on est aussi trop bête, en France,
De se laisser mener comme un troupeau d'oisons.
Ce peuple ci n'entends ni rimes ni raisons.

MADAME

Cela devient, chez vous, presque une maladie !

MONSIEUR

Presque, c'est vrai !...

MADAME

Je viens pour cette comédie
Dont je vous ai parlé...

MONSIEUR

Je ne vois pas la fin
De ce désordre, et l'on a beau crier la faim,
Redire à tous propos, que l'impôt nous égorge,
Le peuple, satisfait des hochets qu'on lui forge,
S'amuse et rit de nous, ainsi que les Troyens
Se moquaient de Cassandre ; et les bons citoyens,
Écartés des emplois, sont traités en ilotes,
Tandis que les gredins, eux, bourrent leurs pelotes
De notre pauvre argent.

MADAME

Oui ! c'est bien malheureux !

MONSIEUR

Malheureux ! dites-vous ? c'est plus... c'est désastreux !

MADAME

Désastreux, j'en conviens ; mais qu'y pouvons-nous faire ?
Gémir ?... et puis ?.. parlons plutôt de cette affaire,
Pour laquelle déjà...

MONSIEUR

Qu'allons-nous devenir ?
Ce que je vois me fait trembler pour l'avenir.
Ce sont preuves partout de notre déchéance ;
C'est la faillite même, à très brève échéance,
Aujourd'hui la ruine, et la guerre demain.
Nous aurons même sort que l'Empire Romain.
L'Europe se tient prête à nous mettre une laisse,
Peut-être à nous gober comme un pigeon en caisse.
Je ne puis, je l'avoue, en prendre mon parti,
Sans protester bien haut.
(*Il reprend la lecture du journal*)

MADAME (*à part*)

Bon ! le voilà parti !
Ce n'est depuis deux jours qu'antiennes de la sorte :
J'ai mal pris mon moment, et mieux vaut que je sorte.
Mais il faudra m'ouïr, Monsieur.

MONSIEUR (*lui tendant le journal*)

Lisez ceci.
Ils sont fous à lier ! prenez, prenez !...

MADAME

Merci !
Je n'entends rien de rien à votre politique
Je suis, vous le savez, une femme pratique
Qui cherche à mieux passer son temps...

MONSIEUR (*très exalté*)

En vérité,
C'est par trop d'impudence, et de témérité !

MADAME

Allons, décidément, il n'en veut pas démordre !
A plus tard... (*Elle sort*).

SCÈNE II

MONSIEUR (*seul*)

              L'ennemi se retire en bon ordre !
Il était temps ! J'avais, sur le gouvernement,
Débité, jusqu'au bout, mon dernier boniment.
Je ne me suis pas mal tiré de ma critique,
Moi qui ne suis rien moins qu'un homme politique,
Et qui, depuis deux jours, enfourche ce dada,
Que je connais moins bien qu'un Turc le Canada.
Mais j'ai vidé mon sac ; si ma femme s'entête
Au projet saugrenu qu'elle s'est mise en tête,
— Et ma femme est tenace, elle s'entêtera ! —
Les supplications, les pleurs, et cœtera,
Directement, sur moi, fondront en avalanches.
. . . .
Conçoit-on ce désir de monter sur les planches ?
Madame veut jouer ! mais Monsieur ne veut pas.
Alors avant, pendant, après chaque repas,
Nous nous faisons, tous deux, une guerre savante,
De pièges qu'elle tend, de détours que j'invente,
Moi pour ne pas l'entendre, elle pour me forcer
De répondre, et toujours c'est à recommencer.
Elle me parle rôle, et je réponds ministre,
S'il est fastidieux le jeu n'est pas sinistre.
Tout s'use, par malheur, et le truc est usé.
. . . .
Enfin, pendant deux jours, je m'en suis amusé.
Je veux, dès aujourd'hui, lui parler sans ambage ;
Attendre, le front haut, un nouvel abordage ;
Lui donner mes raisons et lui dire son fait.
Lui montrer que je suis loin d'être satisfait.
Il ne me convient pas que ma femme se montre
A cent indifférents, prêts, en toute rencontre,
A s'ébaudir sur tout fort impertinemment ;
N'apportant, à leur glose, aucun tempérament.
J'entends parfois des gens, — je ne suis pas bégueule —
Qui n'ont d'autre plaisir...

SCÈNE III

Monsieur, Madame

MADAME (*à part*)

        J'ai pensé toute seule,
Qu'il faut, pour l'aborder, prendre un autre détour.
(*Haut*) Mon ami !

MONSIEUR (*à part*)

      Quoi déjà ? (*haut*) vous voici de retour ?

MADAME

Je n'étais pas sortie, et j'attendais, très calme,
Que vous ayez sauvé la France...

MONSIEUR

          A vous la palme,
Ma chère, pour lancer un sarcasme amical.

MADAME

Combien de ces messieurs sont au petit local ?

MONSIEUR (*à part*)

Où veut-elle en venir ? (*haut*) Je suis pour les amendes.

MADAME

Cela vaut, en effet, toutes les réprimandes ;
On tient si bien les gens qu'on tient par le gousset !

MONSIEUR

A nous deux nous ferions de l'ouvrage !

MADAME

              Qui sait ?
En attendant, j'apporte ici ma broderie ;
Car, nonobstant mon sexe et son étourderie,
J'aime trop mon pays, pour ne pas m'émouvoir
Des craintes que pour lui vous semblez concevoir.
Vos discours ont touché mon sens patriotique ;
Et je voudrais apprendre un peu la politique
A votre école
    (*Elle s'assied regardant monsieur du coin de l'œil*)
          Eh bien ! cela vous convient-il ?
M'y voici.

MONSIEUR (*à part*)

Garde à nous ! elle a l'esprit subtil.
Je flaire un piège (*haut*) oh ! non ! la femme n'est pas faite
Pour cet ingrat sujet... Parlons de cette fête,
Que de donner ici vous aviez le dessein.

MADAME

Voulez-vous, s'il vous plaît m'approcher ce coussin.
(*Monsieur met un coussin sous les pieds de sa femme*)
Bon !... La France avant tout ! allez je vous écoute.
Vous blâmez ce qu'on fait, donc vous avez, sans doute,
Un remède à ce mal que vous me signalez ?
Vous avez votre plan ?... Mais allez donc !... Allez !
Non ?... Dans ce cas, mon cher, je suis la seule en France ;
En pouvoir de mari, qui sois sans espérance
De m'éveiller un jour au sommet des grandeurs,
Parmi les députés ou les ambassadeurs.

MONSIEUR

Que vous avez d'esprit !...

MADAME

Ont-ils plus de mérite,
Après tout ?... on dirait que cela vous irrite ?

MONSIEUR

Dieu non !

MADAME

De mon côté vous lancez un coup d'œil !

MONSIEUR

Non ! Je n'ai pas de plan, faites en votre deuil !
Vous n'aurez pour époux qu'un électeur, ma bonne.

MADAME

A vous parler bien franc, mon bon, cela m'étonne.
Mais je m'en applaudis, car ce n'est pas banal.
C'était en vous voyant, plongé dans un journal,
Que vous n'ouvrez jamais, pas même à la campagne,
Que j'ai pensé tout bas : voilà que ça le gagne !
Il va certainement se porter candidat ;
Pour être quelque chose, il convoite un mandat.

Il a depuis deux jours du budget plein la bouche ;
Il n'est autre sujet maintenant qui le touche ;
C'est toujours le même air et la même chanson.
Alors moi, j'ai voulu me mettre à l'unisson ;
Vous plaire, en vous parlant de ce qui vous occupe.

MONSIEUR

De votre accent si doux je pourrais être dupe,
Si je ne savais pas où tend votre discours...
Et vous vous informiez ?... pour me porter secours,
Dans les difficultés de ma nouvelle tâche,
N'est-il pas vrai ?

MADAME

　　　　Mais oui !... Puisque cela vous fâche,
Et semble vous causer un si réel souci,
Je ne veux plus savoir, et je me tais.

MONSIEUR

　　　　　　Merci !

MADAME

Mon discours ne tendait qu'à vous être agréable.
Je vous vois d'une humeur assez peu malléable,
Et voulais vous prouver, qu'en toute occasion,
Je saurais me plier, avec effusion
A tout ce qui plairait à votre seigneurie.

MONSIEUR

Vous parlez, à ravir, une langue fleurie.
Ma seigneurie écoute, est charmée et se tait.

MADAME

Bien ! madrigalisons, puisque cela vous plaît.

MONSIEUR

Le madrigal n'est pas ce qui vous met en peine.
Vous cherchez à me faire ouvrir une autre veine ;
Et vous avez rusé, jusqu'ici, sans succès ;
Mais j'y viens de mon gré. — Vous parlez des Français,
Empressés de porter leurs deux mains à la pâte.
Chacun vers le panache, avec fureur, se hâte ;

Chacun se croit habile à mener la maison ;
Vous vous moquez, ma chère ; et vous avez raison.
Moquez-vous des Français ; cela me met à l'aise
Pour dauber, à mon tour, sur la femme Française.
Car si chaque Français se croit homme d'Etat,
S'il rêve, en son pays, d'être un jour potentat,
Votre sexe est atteint aussi de sa folie :
Chaque femme, chez nous, se croit une Thalie ;
Veut affronter la rampe et brûler les tréteaux.
Dans les moindres salons, les plus humbles châteaux,
A la ville, à la mer, aux eaux, à la campagne,
Dans le creux du vallon, comme sur la montagne,
Partout où l'on s'assemble, à dix, à vingt, à cent,
Femmes, filles, dans l'âge adulte, adolescent,
Avec ou sans esprit, s'arment d'un catalogue,
Pour dénicher un acte ou bien un monologue.
Alors on réunit les voisins, les amis,
Tous, friands d'accourir au spectacle promis ;
Et, devant ce parterre, on débite son rôle.

MADAME

Mais c'est le sexe fort toujours qui nous enrôle.

MONSIEUR

On répète sans cesse ; on boude à tout propos ;
On ne veut plus jouer ; on apprend sans repos,
On vous voit, dans les coins, vous tenir isolées ;
Ou bien gesticuler comme des affolées.
On vous entend lancer des mots incohérents,
Avec des yeux ravis, ou des regards mourants.

MADAME

Je vous trouve amusant avec votre algarade.
Mais le premier monsieur, qui sait une tirade,
En rebat le tympan de ses contemporains.
Mais les hommes se font nos maîtres souverains
En cela, comme en tout.

MONSIEUR

       Oh ! la belle réponse !
Votre observation ne pèse pas une once.

MADAME

Les hommes, je vous dis, donnent le branle-bas

MONSIEUR

Célibataires, oui ; mais les hommes, non pas.

MADAME

Un célibataire est un homme, je suppose ?

MONSIEUR

Non, non, Madame! non, ce n'est pas même chose.
Et la preuve, on voit bien qu'il a fait le pari
De ne pas tolérer, près de lui, le mari.
On permet au mari d'applaudir au spectacle,
Mais on lui ferme au nez la porte du cénacle,
Où le célibataire a seul droit de cité ;
Un mari, pour la scène, est sans capacité.

MADAME (à part)

Tiens ! tiens ! mais voudrait-il ?...

MONSIEUR

               Autre preuve plus forte :
Dans la vie, au foyer, la femme ne supporte
Nul conseil du mari, bondit au moindre choc ;
Sur ses droits menacés se dresse comme un coq.
On la voit contre l'homme en révolte incessante.
Et la voilà soudain confite, obéissante,
S'il s'agit d'un monsieur qui n'est pas marié,
Suppliant humblement ce privilégié
De lui montrer comment il convient de lui dire :
« Ingrat, je t'aime encore et voudrais te maudire. »
On le flatte, on l'admire, on lui prend des leçons,
On vante son talent de toutes les façons ;
Voyons ! agissez-vous de même avec un homme ?

MADAME

Jusqu'ici j'avais cru... c'est excusable en somme ;
Je vois bien maintenant que j'étais dans l'erreur.

MONSIEUR

Je ne m'explique pas cette étrange fureur.

MADAME

Devant tant de raisons, mon audace recule.

MONSIEUR

Tout le monde est piqué de cette Tarentule.
Qu'un jeune homme ait du goût à déclamer des vers,
Bien que ce goût dénote un esprit à l'envers,
Je le conçois, ce goût n'a rien qui soit infâme,
Et la nécessité de trouver une femme
Le pousse à se montrer, à se mettre en avant ;
Car il n'en faut pas plus pour vous prendre, souvent.
Mais une femme !... Il faut qu'une femme soit folle !
Enfin, c'est n'avoir pas de raison, ma parole !
De s'aller, sans pudeur, mettre en scène partout,
Le mari qui le souffre est un sot ! voilà tout !

Il sort furieux par la porte du balcon.

SCÈNE IV

MADAME (*seule*)

Il va, sur le balcon, fumer sa cigarette.
Il ferait mieux encor, d'atteler sa charrette,
Et de courir au bois, se calmer le cerveau.

. . . .

(*Elle tire un cahier de son panier à ouvrage*)
Voyons un peu mon rôle... et ce quatrain nouveau
Que vient de nous donner l'auteur, à ma requête.
(*Elle étudie son rôle, puis tout à coup*)
Dieu ! qu'un homme d'esprit parfois peut être bête !
Au lieu de m'arrêter par un refus bien sec,
Qu'est-il allé chercher pour me clouer le bec ?
Quel bouffon paradoxe ! et comme il déblatère
Sur l'homme marié, sur le célibataire !
Quel tourment il a pris pour se donner bon droit !
On n'est pas plus naïf et pas plus maladroit !
Un mot, heureusement, m'a découvert la trace
D'un défaut que pourrait avoir votre cuirasse.
— Car vous êtes bardé comme les paladins,
Pour déclarer la guerre à nos ébats mondains —

Je vais, tout doucement, lever votre visière,
Et sans vous la montrer, vous passer ma lisière.
A mes désirs, mon cher, il faudra vous plier :
Je n'ai pas le dessein de vous humilier ;
Je ne compte employer nul moyen vexatoire ;
Et si vous vous doutez jamais de ma victoire,
Vous serez beaucoup plus malin que je le crois.
(Elle reprend son rôle pendant quelques instants ; puis :)
On peut très bien monter cette saynète à trois !
Il ferait le bourru si prompt à la riposte !

. . . .

Alerte !... le voici ! soyons ferme à mon poste !
                    (Monsieur rentre)
Il me paraît calmé... ça commence !... à nous deux !

SCÈNE V

Monsieur, Madame

Monsieur

Sortez-vous, aujourd'hui ?

Madame

                    N'est-ce point hazardeux ?

Monsieur

Le temps n'est pas mauvais.

Madame

                    Je redoute une averse.
Puis... ne vous fâchez pas !... Il faut bien que je verse
Une larme... sans plus... sur mon rêve envolé.
Car je renonce à tout. Je vous ai cajolé,
Pendant deux jours entiers, pour vous céder ensuite.

Monsieur

Oh ! combien je vous sais gré de cette conduite,
Digne de votre esprit ! Je n'attendais pas moins
de vous.

Madame

Mon sacrifice accompli, néanmoins,

J'ai le cœur un peu gros... J'étais persuadée
Que la permisssion me serait accordée.

MONSIEUR

N'y pensez plus, sortez !...

MADAME

Hélas !... (*vivement*) Je vous l'ai dit,
J'y renonce... et pourtant !... c'était de l'inédit.
Et puis... mon rôle était le plus long dans L'AIGRETTE.

MONSIEUR (*à part*)

Le plus long !... c'est cela surtout qu'elle regrette.
(*Haut*) L'AIGRETTE... c'est le titre ?

MADAME

Et pas un mot léger,
Dans tout l'acte !

MONSIEUR

En ce cas, vous courriez le danger
Que l'on ne trouve pas « L'AIGRETTE » assez croquante !

MADAME

Oh ! quelques auditeurs...

MONSIEUR

Cinquante sur cinquante.
Tous n'osent pas bien fort approuver le haut goût,
Mais ne détestent pas l'épice d'un ragout.
Si les collets-montés se gourment pour la forme,
L'auteur est moins certain que le public s'endorme.
Entre un mot leste et soi, l'on met son éventail,
Si tant est que ce mot soit un épouvantail.
Ainsi consolez-vous : « L'AIGRETTE » vertueuse,
— Et que de ce seul fait, je crois défectueuse —
Ne réussira pas, c'est moi qui vous le dis.
Je suis prêt à donner mille maravédis
Si cette pièce obtient mieux qu'un succès d'estime ;
Et cela suffirait à rendre légitime
Le refus que j'oppose au désir imprudent
Que vous manifestiez tantôt.

MADAME

C'est évident !
Comment contredirais-je une raison si haute ?
J'allais, sans vous, tomber dans une lourde faute.
Comme la passion nous égare parfois !
Mais enfin le bon sens triomphe...

MONSIEUR

Je le vois.

MADAME

Je vais mettre un chapeau, me couvrir les épaules,
Et je reporterai moi-même les deux rôles.

MONSIEUR

Les deux rôles !... Comment ?

MADAME (*embarrassée*)

Ah ! mon Dieu ! qu'ai-je fait ?

MONSIEUR

Vous avez dit : Je vais reporter...

MADAME (*de même*)

En effet !...

MONSIEUR

Deux rôles !... excusez !... Dans la même soirée !
Votre prétention n'était pas modérée ;
De vous mettre à donner deux rôles tout d'un coup :
Un seul, à mon avis, c'était déjà beaucoup !

MADAME

Tous les deux n'étaient pas !... Dieu ! quelle maladresse !
Eh bien ! Je veux compter sur la seule tendresse
Pour vous dire, sans fard, ce que nous espérions,
Moi, votre folle épouse, et nos amphitryons.
On voulait... J'en rougis, la chose est si hardie...
Vous prier de jouer dans une comédie.

MONSIEUR

Moi ?...

MADAME

Vous !... c'est ridicule !... Une saynète à trois,

Peu connue... Elle est même inédite, je crois.
Il faut que nous ayons perdu la tramontane.

MONSIEUR

Et cela se nommait ?...

MADAME

« Le Chien de la Sultane ».

MONSIEUR

Sans doute on désirait que je fisse le chien !

MADAME

Accablez-moi, grand Dieu ! Je le mérite bien !
En ce triste complot je sens que tout m'accuse.
Le rôle était charmant ! c'était là notre excuse
Au projet insensé que nous avions conçu.

MONSIEUR

Vraiment ? Donnez-moi donc un petit aperçu
De ce rôle.

MADAME

A quoi bon ?... J'éprouve tant de honte
De mon sot engouement, que cela me démonte !
Je rougis de ce que nous osions proposer.
Il fallait que je sois folle, pour supposer
Qu'un homme sérieux se laisserait séduire
Par la tentation vaine de se produire,
Comme une femme en l'air, ou comme un jouvenceau ;
Et vous m'avez dépeint d'un si mâle pinceau,
Avec tant de couleur, la tête ridicule
De tous ceux qu'a piqués la folle tarentule
Du théâtre, et qui sont presque une légion,
Que je veux me garer de la contagion.
Vous m'avez arrachée à ce mal endémique.

MONSIEUR

Et ce rôle — le mien — était-il gai ? comique ?

MADAME

Il était l'un et l'autre, il était très joli !
C'est celui d'un bourru, misanthrope, impoli,

Jaloux du petit chien de celle qu'il recherche.
(*A part*). Je n'aurai plus besoin de lui tendre la perche.

MONSIEUR

Un bourru ? qui jalouse un petit animal ?...
Cela peut arriver, le sujet n'est pas mal.
Mais il ne suffit pas toujours qu'un sujet prête ;
Le succès vient aussi du jeu de l'interprête.
J'aurais creusé ce rôle et l'aurais bien donné.
(*Étonnement de Madame*)
C'est qu'à vingt ans j'étais un acteur forcené.

MADAME

Lé sacrement vous met à l'abri des morsures
De cette tarentule ?

MONSIEUR

Ah ! toutes les censures,
A calmer mon ardeur, n'auraient pas réussi,
En ce bienheureux temps, croyez-moi.

MADAME

C'est qu'aussi,
En ce temps là, mon cher, vous cherchiez une épouse !
Vous aviez des succès ?

MONSIEUR

A vous rendre jalouse.

MADAME

Comme il n'en faut pas plus pour nous prendre, souvent,
Cela vous excitait à vous mettre en avant.

MONSIEUR

Mon Dieu ! la chose, en soi, n'a rien de si blâmable,
Le plaisir du théâtre est un plaisir aimable.
Pour moi, ce qui le gâte et le rend importun,
C'est qu'il tombe à présent, jusque dans le commun.
Il amuse aujourd'hui beaucoup de bons apôtres,
Dont le souci n'est pas de divertir les autres
En jouant avec soin ; mais qui trouvent charmant
De se divertir, eux, tout en nous assommant ;

Et ce n'est plus de l'art, c'est du cabotinage.
Mais si l'on représente un joli badinage,
Bien appris, bien joué, ni trop long, ni trop court ;
Coquet, leste, pimpant comme un sylphe qui court ;
Je goûte du plaisir, et j'approuve la chose.
Est-ce vraiment le fait de ce qu'on me propose ?

MADAME

Oui je crois que cela pouvait vous convenir.
Il n'y faut plus penser. Par bonheur, pour tenir
Ce rôle difficile, on connaît un jeune homme
Qu'on dit plein de talent... attendez... il se nomme...
J'ai son nom sur la langue...

MONSIEUR

Eh ! qu'importe, après tout !

MADAME

Il est du meilleur monde, il déclame avec goût ;
On vante son esprit, il jouera bien sans doute.

MONSIEUR

Voyons, ma chère femme, entre nous je redoute
D'avoir été pour vous bien sévère à l'instant,
En critiquant si fort votre désir instant.
J'ai peur de vous avoir, sur ce point chagrinée.

MADAME

Du tout ! n'y pensez plus, c'est chose terminée

MONSIEUR

Pourquoi vous en défendre ? et ne pas m'avouer,
Que vous auriez beaucoup de plaisir à jouer ?
Cette permission, de bon gré, je la donne

MADAME (*à part*)

Il permet ? moi je veux maintenant qu'il ordonne.
(*Haut*). Non, ne regrettez pas votre sage refus ;
Il est trop bien fondé pour en être confus.
Je ne veux pas, sans vous, marcher dans cette voie ;
Comme j'ai peu l'espoir que jamais on vous voie
Monter sur les tréteaux...

MONSIEUR

Mon Dieu ? Je ne dis pas !

MADAME

Non ! non ! n'en parlons plus ; moi, je vais, de ce pas,
Reporter les cahiers chez Madame de Mesme
Fière d'avoir ainsi triomphé de moi-même,
Et d'un mauvais penchant que je condamne à mort !
A tout à l'heure, ami *(à part)* ça mord ! ça mord ! ça mord !
(*Elle sort*)

SCÈNE VI

MONSIEUR (*seul*)

Et voilà... maintenant c'est elle qui régente,
Qui ne veut plus jouer... que la femme est changeante !
Et qu'il est délicat pour nous de la saisir !
Elle a, depuis deux jours, un unique désir ;
Je résiste dabord, Madame se gendarme.
Ému de son dépit, je me rends, je désarme,
Madame qui voulait ne veut plus désormais ;
Elle est bien décidée et ne jouera jamais.
Puisqu'on a crié : tue, elle vous crie : assomme ;
Faites le rodomond, maintenant Monsieur l'homme.
Il n'est pas malaisé de voir quel est son but,
Bien qu'elle ne l'ait pas montré dès le début :
Elle veut, aussi moi, me mettre de l'affaire ;
Elle est, à tout peser, facile à satisfaire ;
Le rôle est bien venu, d'après ce qu'elle dit
Et rien n'est amusant comme un acte inédit.
On y peut exercer son humeur créatrice.
Je veux, pour une fois, céder à ce caprice
De ma femme, et je vais lui parler dans ce sens.
(*Madame, habillée pour sortir, rentre*)

SCÈNE VII

Monsieur, Madame

MONSIEUR

Ah ! vous voici ! j'allais...

MADAME

Au revoir, je descends.

MONSIEUR

J'ai deux mots à vous dire, attendez.

MADAME

Je me presse,
J'ai promis, ce matin, d'une manière expresse,
De porter, en tout cas, réponse avant ce soir
Chez Madame de Mesme, et j'y vais sans surseoir.
A ne vous rien céler, je suis un peu marrie

MONSIEUR

Cela, je dois le dire, aussi me contrarie
On aura quelque droit de se plaindre de vous.

MADAME

Permettez, mon ami, dites au moins de nous.

MONSIEUR

Pas du tout, j'ai bien dit, puisqu'on vous laisse libre !

MADAME

Vous avez un aplomb... d'un assez bon calibre.
Pardonnez le propos, mais il est juste et vrai.

MONSIEUR

Oh !

MADAME

Quand il vous plaira, je vous le prouverai.

MONSIEUR

Voyons ! vous savez bien que je vous autorise

MADAME

Pouvez-vous supposer que je me sois méprise
Sur ce que vaut, en soi, l'autorisation ?
Je partage, à présent, votre indignation
Contre les gens atteints de théâtromanie.
J'ai compris où tendait votre fine ironie.
Par tendresse pour moi, vous daignez consentir ;

Mais après tout ce que vous m'avez fait sentir,
J'aurais de succomber une honte mortelle.

MONSIEUR

Traitez ce que j'ai dit plutôt de bagatelle,

MADAME

Je n'ai rien à reprendre et rien à réfuter.

MONSIEUR

Avec vous, seulement, je voulais discuter.

MADAME

Non ! la seule raison parlait par votre bouche !
Cela n'avait pas l'air d'une simple escarmouche ;
Vous aviez bien le ton d'un homme convaincu ;
Mon esprit, là-dessus, se reconnaît vaincu.
Je puis vous rappeler votre moindre parole ;
Vous avez dit : « Il faut qu'une femme soit folle,
De s'aller, sans pudeur, mettre en scène partout,
Un mari qui le souffre est un sot, voilà tout ! »
Sont-ce là franchement, propos à la légère ?

MONSIEUR

Bon ! comment éviter qu'une femme exagère ?
Vous en voyez plus long que je n'aurais voulu ;
Ma chère, en ce bas monde, il n'est rien d'absolu !
Vous avez un esprit tout à l'emporte-pièce.
Il est bien différent d'apprendre un bout de pièce,
Pour obliger les gens qu'on aime tendrement ;
Ou de monter en scène, avec acharnement,
Tous les jours que Dieu fait ; et pour ma part, j'estime,
Qu'avec ces bons de Mesme on vous sait trop intime,
Pour trouver étonnant que vous jouiez chez eux.
Je ne veux pas me perdre en arguments oiseux ;
Mais je trouve aujourd'hui l'occasion propice
De reconnaître par un léger sacrifice,
Le penchant que toujours ils ont pour nous fait voir.

MADAME

Vous voilà sur le point de m'en faire un devoir !

MONSIEUR

Je m'en garderais bien, ce serait infaillible
Pour vous en détourner !

MADAME

Si j'étais susceptible !...

MONSIEUR

Eh ! ma chère, soyez tout ce qu'il vous plaira !
Quant à moi, peut me chaut ce que l'on en dira,
Mais sans plus discuter je vais, de ce pas même,
Proposer mon concours à Madame de Mesme ;
Vous d'agir autrement, vous avez le loisir ;
Mais en m'accompagnant, vous me feriez plaisir.

MADAME

Et vous allez jouer ?

MONSIEUR

Mais oui

MADAME

Je capitule.
(Monsieur sort, avant de le suivre Madame dit à part)
L'homme a fait connaissance avec la Tarentule.

RAYMOND DE MONTFORT.

DU MÊME AUTEUR

LE MARQUIS DE LAROCHE SAINT-JUDE

Un Volume in-12. . . . . 3 fr. 50.

PLON ET NOURRIT

BOURGES. — TYP. LÉON RENAUD.

www.ingramcontent.com/pod-product-compliance
Lightning Source LLC
Chambersburg PA
CBHW070912200626
46818CB00006BA/2489